LÉO TRÉZENIK

EN JOUANT DU MIRLITON

POÉSIES

PARIS

LÉON VANIER, LIBRAIRE-ÉDITEUR

19, QUAI SAINT-MICHEL, 19

1884

EN JOUANT DU MIRLITON

LÉO TRÉZENIK

EN JOUANT DU MIRLITON

POÉSIES

PARIS

IMPRIMERIE DE LUTÈCE

16, BOULEVARD SAINT-GERMAIN, 16

1884

A VAU-L'ABSINTHE

C'était un fin poète et c'était un penseur.

Lentement envahi par le doute oppresseur,

Ce fier logique avait trouvé combien égale

A néant la science, à néant la morale,

Et rencontré partout, par delà l'éther bleu

Comme au fond de son Moi, le doute et pas de Dieu.

Il voulut essayer d'écrire, vers ou prose,

Pour émousser la dent de son ennui morose ;

Il avait dans la tête un tas de romans crus,

Sinistres, effrayants, terriblement vécus.

Mais voyant que le monde, à l'intense routine,
Se payait de *printemps* et de *blanche églantine*,
Ou d'amants, par amour, se tuant au charbon,
Il secoua la tête et se dit : « A quoi bon? »
Puis, comme il prétendait, dans sa rude logique,
Que l'amour, mot resté du temps mythologique,
N'était rien qu'un instinct dont les *gens comme il faut*
« Ont fait un sentiment pour en parler tout haut, »
Il dédaigna d'aimer, — faiblesse corrodante.

Mais, parfois, en avril, quand sa bête grondante
Réclamait par trop haut sa pitance de chair,
Pour calmer le vieux fauve, et le prurit d'enfer
Des boutons de désir qui lui poussaient au ventre,
Sans souci des passants, de même que l'on entre,
Pour prendre un bock, dans un café du boulevard,
Il heurtait froidement à l'huis d'un lupanar.
Et là, dans le huis-clos de quelque chambre infâme,
Il prenait, pour un an, le dégoût de la femme.
A la fin, harassé de traîner le boulet,
Harassé du fardeau sous lequel il croulait,

Fardeau de désespoirs et de dégoûts sans nombre,

Assoiffé de soleil et trouvant partout l'ombre,

Las de brouter sa vie autour du même pieu,

Sans espoir et sans but, sans amour et sans Dieu ;

Affolé de sentir, sans un instant lucide,

Grandir en lui — folie âpre ! — le suicide

Qui, poignant cauchemar, hallucinait ses nuits,

Pour anesthésier ses lancinants ennuis,

Il appela l'absinthe à son secours — l'Absinthe ?

La fée Émeraudine à la morbide étreinte,

Courtisane charmeuse ouvrant à tous son lit,

Où l'on retrouve, après les ivresses, l'oubli !

Il alcoolisa sa morne névralgie.

Aussi quand, maintenant, il revient d'une orgie,

Le matin, titubant et traînant le soulier,

Croulant, à chaque marche, en grimpant l'escalier,

Le portier qu'il réveille entr'ouvre un œil et grogne :

« Qui fait ce tintamarre ? Ah oui ! c'est vrai…l'ivrogne ! »

SONNET VIEUX JEU

Depuis le jour où je t'ai vue,
Sais-tu bien, mignonne, que j'ai
Le cœur affreusement rongé
Par l'ennui, ce cancer qui tue.

Puisque ton regard allécheur
Est la cause de ce gros drame,
Vous êtes trop bonne, Madame,
Pour vouloir la mort du pécheur.

Viens de tes baisers magnétiques,
Égayer mes nuits spleenétiques;
Viens, ô docteur prestigieux,

Mettre sur mon ennui farouche
Le cataplasme de ta bouche
Et le cautère de tes yeux.

HARPE

—

La femme est souvent comme une harpe sonore
Que jette à quelque sot le hasard des hymens.
Le pauvre ne sait pas, sous ses profanes mains,
Faire vibrer la corde et chanter la mandore.

Il laisse sommeiller la harpe tristement.
Où, prête à s'envoler, s'embusque l'harmonie,
Et bien haut la proclame atteinte d'aphonie,
Quand ce n'est qu'un plectreur qui manque à l'instrument.

Elle ferme longtemps, la douce résignée,
A cet âpre contact, son âme dédaignée ;
Mais qu'un artiste passe et la découvre un jour

Dans le silence où dort sa corde détendue,
Et tout à coup, dans une envolée éperdue,
Vibrante jaillira la symphonie *Amour*

LE MÉDECIN DE CAMPAGNE

—

Neuf heures. Tout se tait déjà dans le village.
C'est l'hiver ; au dehors l'eau fouette le carreau ;
On entend par instants le bruit sourd du ruisseau
Qui roule des cailloux arrachés par l'orage.

Au dedans, la maman travaille à son ouvrage ;
Dans un coin trois bébés construisent un château
De cartes : le docteur — le papa — lit Trousseau,
Les pieds sur les chenets et tisonne avec rage.

Tout à coup, la sonnette... on entre ; un paysan
Vient chercher le docteur : un homme, agonisant,
Vient de se briser la colonne vertébrale.

—Demain, grogne François, le temps est trop mauvais !
—Demain, fait l'autre, hélas ! mais le malheureux râle !
Le médecin comprend. — C'est bien, dit-il, j'y vais.

LA PETITE FAMILLE

—

Le père est chiffonnier, la mère balayeuse,
Et, naturellement, plus la famille est gueuse,
Plus ils font de marmots au fond de leurs taudis.

Ils eurent six enfants, n'ayant pas un radis,
Six enfants gros et gras, trois garçons et trois filles
Qui crûrent, Dieu sait comme, au milieu des guenilles.

Et bien, tous ont enfin fini par « se pourvoir » :
Les trois filles, d'abord : l'une fait le trottoir,

Et comme, Dieu merci! son commerce est prospère,

Tous les mois, elle envoie un peu d'argent au père.

L'autre, qui se savait jolie et bien en chair,

A fait un gros banquier qui l'acheta fort cher;

Et quant à la troisième, elle est à Saint-Lazare.

Les garçons, de bonne heure, ont aussi « touché barre. »

Deux se sont faits crieurs et savent leur métier :

Il n'en est pas comme eux pour vendre *le papier*.

Le dernier, un beau gars fait pour toutes les flemmes,

Est, sans bête vergogne, arrivé par les femmes,

Il sait porter, avec de jolis airs vainqueurs,

La casquette à trois ponts et les accroche-cœurs.

Bref, tous se sont casés, les garçons et les filles :

Car Dieu bénit toujours les nombreuses familles.

LE CŒUR

Le cœur, à soixante ans, est comme un cimetière
Où dorment, dans l'oubli, tous les amours défunts.
Les fleurs de chaque tombe ont perdu leurs parfums,
Et tout s'est, jusqu'au nom, effacé de la pierre.

Les ans ont tout autour emmêlé lentement
Les liserons grimpeurs et l'herbe envahissante,
Et l'on sent sur tout comme une chape glaçante
De silence, qui pèse épouvantablement.

Et pourtant, si l'oubli respectait quelque chose,
Dans le vague fouillis d'une ronce morose,
Enchevêtrée autour d'un saule solennel,

On pourrait, en cherchant sous la mousse et le lierre,
Trouver encor, peut-être ! au flanc de chaque pierre,
Les vestiges narquois d'un serment éternel.

AMOUR FILIAL

—

—Eh! Cocher! psst! Cocher!—Voilà! voilà! beûrgeois!
—Par où vous voudrez, mais... mais au pas et au Bois.

Mon dieu! vous comprenez, c'est l'histoire banale :
Une femme qu'on trouve un beau soir de fringale,
Un fiacre passe, et dam! le reps ou le velours
Servent, pour un instant, d'hôtel à vos amours.

Quand ils sortirent, lui silencieux et blême,

Elle, à part ses frisons défaits, toujours la même,

En femme habituée à « courir le michet ».

Le monsieur mit trois francs dans la main du cocher :

Mais elle, d'un coup d'œil supputant le pourboire.

Lui glissa, l'enjôlant de sa prunelle noire :

— « Tu peux bien lui donner encore vingt sous, va! »

Et câline, tout bas : « — Fais-le pour moi, c'est p'pa! »

SATIÉTÉ

—

A quoi donc songe-t-elle ainsi, la lèvre amère,
Pendant que souriant à quelque rêve d'or,
Pauvre fourbu d'amour, son beau poète dort
Les bras noués, très las, au cou de la Très-Chère?

Elle songe que c'est un amoureux transi
Qui compare son col à la neige des pôles,
Et lui met, dans ses vers, des ailes aux épaules,
Et qu'elle est lasse, enfin, d'être adorée ainsi!

Et, prise de dégoût pour ce bonheur atòne,

Pour cet éternel ciel à l'azur monotone

Et toutes ces fadeurs d'un amour pot-au-feu.

Elle songe qu'elle est fort malheureuse, en somme,

Et que ma foi! peut-être, elle aimerait un homme

Qui ne l'aimerait pas — et la battrait un peu.

CHATEAUX EN ESPAGNE

—

Je sais, en Normandie, en plein Perche, un coteau
Étrangement sauvage et loin de tout hameau
Où, si me souriait quelque jour la fortune,
Je m'en irais, fuyant la cohue importune,
Enfouir ma paresse et mon écœurement.
Car, d'un bout de l'année à l'autre, c'est charmant,
Personne, à part les loups, ne s'y promène guère.
On l'appelle, là-bas, la *Fontaine au Gros Pierre.*
Retraite de poète ou berceau d'amoureux,
Rien n'en trouble jamais le charme langoureux.
Un mince filet d'eau descend de la colline,
Roulant sur les cailloux son onde cristalline
Qui serpente et miroite avec de sourds glous-glous,
Jusqu'au petit bassin encadré de gros choux,
Creusé, dans son jardin, par le fameux Gros Pierre.

Qui vit là, tout *fin seul*, comme il dit, sans fermière,

Dans la maison qu'ombrage un rideau de bouleaux :

A peine la voit-on, dans un coin de l'enclos,

Disparue à moitié sous le lierre et la mousse.

Comme on doit être bien ici! comme tout pousse

Dans le petit jardin! Pommes de terre et lys,

Tulipes et navets, roses et brocolis,

Dahlias éclatants et pâles azalées

Ont, jusqu'à la dernière, envahi les allées.

Puis, regardez, voici, derrière la maison,

Un petit champ de blé, tout serti de gazon,

Où se cambre au soleil insolemment et braille

Le sultan Chante-clair, tout habillé de faille :

Son sérail qui l'escorte avec placidité

Va gloussant après lui la gloire de l'Été.

C'est là que j'ai conçu le projet d'aller vivre,

Loin du journal dupeur, loin de tout mauvais livre.

Toutefois, pour les nuits où le sommeil est lent

A venir, je prendrais la *Fille de Roland*,

Ou les *Chants du Soldat*, et pendant les veillées

Si longues de l'hiver, quand les feuilles rouillées

Auraient fait, sous la pluie et les vents hiémaux,

Des petits tas de boue au pied des vieux ormeaux,

Et quand, dans les lointains que la nuit poétise,

On entendrait, là-bas, au fifre de la bise

Les orgues des sapins mêler leur grande voix ;

Quand les vieux chiens hurleurs aux lugubres abois,

Se font, de ferme en ferme, à travers les ténèbres,

Sur nous, peut-être, des confidences funèbres ;

A cette heure où l'on voit, lucioles d'hiver,

Les yeux des loups rôdeurs luire sous le couvert,

Étoilant les fourrés de leurs phosphorescences ;

Alors, pour vous calmer, chaudes effervescences

Des souvenirs de joie et de mal revenus

Avec le vent qui hurle autour des arbres nus,

Dans mon âcre insomnie, héroïque remède,

Je me morphinerais avec du Deroulède !

Et par les matins d'or des printemps lumineux,

Lorsque le gazouillis des pinsons matineux

Peuplerait de chansons les arbres et les haies,

Tandis qu'on entendrait, sous les hautes futaies,

Glapir à plein glosier les renards maraudeurs.

Pour éteindre d'un coup les soudaines ardeurs

Qui monteraient en moi de la terre en gésine,

Pour tuer le désir de l'âme libertine

Qui veut mêler sa voix au concert printanier,

Je m'offrirais, à jeun, des douches de Bornier.

Un an me suffirait, de ce régime austère,

Un an ! pour devenir sensé comme un notaire :

Je recroirais au Pape, ainsi qu'à Monseigneur

Le Roy de droit divin. Parfois, j'aurais l'honneur

De diner à la cure avec la « Conférence » ;

Je dirais : « Dieu n'a pas abandonné la France. »

Car, pour le bourg voisin, j'aurais quitté mon trou,

J'aurais cassé ma chaîne et rompu mon licou,

Pour correctement vivre avec les gens honnêtes ;

Mes vers n'attacheraient plus de chats aux sonnettes

Des bons bourgeois. D'ailleurs, j'en serais un, — enfin !

Je saurais dormir tôt et me lever matin.

Je ferais de ces mots très nouveaux : « l'Art ! chimère ! »

Je serais marguillier, fabricien, qui sait ?... maire !

Et, — rêve audacieux enfin réalisé,

Irrévocablement *chantdusoldatisé*.

L'ANSE DES TRÉPASSÉS

Je connais en Bretagne, auprès du raz de Sein,
Tout là-bas, une abrupte et sauvage falaise,
Où la houle et les vents peuvent mugir à l'aise,
Car son sol de granit est nu comme la main.

Les albatros planeurs élèvent leurs couvées
Dans les trous que la mer creuse depuis mille ans,
Et l'on entend, la nuit, courlis et goëlans
Hululer au-dessus des vagues soulevées.

Ni les marins n'ont pu, par les rocs écroulés,
Ni les pâtres jamais escalader leurs aires,
Et profaner du pied les fientes séculaires
Qui font comme un rempart aux nids inviolés.

Le ressac a troué des grottes insondées
Où la mer, qui s'engouffre avec des beuglements,
Ébranle le rocher jusqu'en ses fondements
Et va couvrir aux loin les plages inondées.

Les barques de pêcheurs et les gros cuirassés
Viennent sombrer parfois sur le roc qui les crève,
Et pour galets elle a des ossements, la grève
Que l'on appelle ici l'anse des Trépassés.

Oh ! comme il serait bon, narguant les morts banales,
De se jeter de là pendant le grand mois noir,
Puis d'aller se briser sur la roche, et d'avoir
Un office des morts chanté par les rafales !

IN CAUDA...

Tout au bout de la ville, au détour d'un vieux champ
Où j'avais promené ma lente rêverie,
Une blanche maison, calme, gaie et fleurie
M'apparut tout à coup dans les ors du couchant.

A l'abri d'un rideau de trembles ombrageant
Ses ardoises d'azur de leur masse assombrie,
Quand elle m'apparut, au bas de la prairie
Où chatoie et gazouille un ruisselet d'argent !

J'enviai le bonheur tranquille du poète
Qui s'était, loin du bruit, choisi cette retraite
Pour vivre sa chimère et son rêve éternel.

Et, comme un paysan me croisait sur la route,
Je lui dis : « Ce castel est habité, sans doute ?
— Eh ! je vous crois, monsieur, fit-il, c'est le bordel !

EN NOVEMBRE

—

Les nids abandonnés, pourris sous les buissons,
Que nous montre l'automne au bout des branches nues,
En novembre parfois, au fond des avenues,
S'emplissent tout à coup de plaintives chansons.

Ce sont les vieux oiseaux qui malgré les frissons
Que vient glisser l'hiver sous leurs plumes ténues,
Sont revenus tout seuls de terres inconnues,
Pour revoir un instant leurs anciennes maisons.

De même, lorsque vient la soixantième année,

Et qu'on songe à jadis, près de la cheminée,

L'âme emportée au loin vers le passé béni.

Dans un coin réveillé du cœur qui se rappelle,

Il semble qu'on entend soudain comme un bruit d'aile :

C'est un vieux souvenir qui revient à son nid.

LA PREMIÈRE COQUETTE

—

Dieu venait de punir Adam, l'Époux coupable
D'avoir osé manger la pomme mise là,
Par ce Dieu qu'on dit *Bon*, tout exprès pour cela :
Dieu *Juste* châtiait un crime inévitable.

Les deux Époux chassés par l'Ange lumineux,
Au désespoir déjà de leur triste équipée,
Fuyaient le flamboiement de l'aveuglante Epée :
    Mais d'où sortez-vous donc ? vous êtes nus tous deux.

Leur dit l'Ange en prenant un ton de mélodrame :
Confus, le pauvre Adam jeta vite à sa femme
Un rameau de figuier, mouchoir de nos aïeux,

Et lui dit, sèchement : « Couvrez votre... ceinture... »
Parant au plus pressé, raconte l'Ecriture,
Ève, coquettement, en orna ses cheveux.

LES DEUX CYGNES

—

Les deux cygnes de cuivre à l'étrange destin
Qui pleurent goutte à goutte, au bord de la baignoire,
Fixent obstinément, d'un long regard éteint,
L'eau qu'ils crachent très claire et qui s'en va très noire
Là-bas, on ne sait où, par le tuyau d'étain.

Ils ont, depuis les mois et depuis les années
Qu'on les a vissés là dans l'immobilité,
Vu bien des dos sans grâce et bien des peaux tannées
Décrasser sous leurs yeux leur laide nudité.

Et dans ces yeux navrants on lit toute une histoire,

Dans leurs yeux qu'on surprend à tristement rêver :

C'est qu'ils s'aiment tous deux d'un amour illusoire,

Et pleurent goutte à goutte, au bord de la baignoire,

Pour cela qu'ils n'ont pas de quoi se le prouver.

SONNET-PROFIL

A...

Un regard plein d'éclairs sous le sourcil arqué,
Le *facies* expressif, et la lèvre qui raille,
Où le rire à l'affût, tout à coup débusqué,
Vous envoie en plein cœur son paquet de mitraille.

Artiste jusqu'au bout de son ongle coquet,
Son geste endiablé si drôlement canaille
Met une salle en rut des loges au parquet,
De l'orchestre qui hurle au paradis qui braille.

Les yeux de maints maris effrontés et fripons
Se perdent à travers ses diables de jupons
Et grimpent, les sournois, le long de son bas rose.

Et je vous dirais bien ce que pensent ces yeux..
Je vous le dirais bien si j'osais, mais je n'ose :
Et si je n'ose, c'est que... je pense comme eux.

AMOURS PRINTANIÈRES

Pensive, elle lisait sous un vieux sycomore,
Elle avait dix-huit ans ;
Et je lui dis tout bas : « Veux-tu que je t'adore,
Nous sommes au printemps ! »

Tout son front s'empourpra d'une pudeur charmante :
Elle avait dix-huit ans,
Le tic-tac de mon cœur l'eût voulu pour calmante,
Nous étions au printemps.

L'amour, lui dis-je, enfant, tu l'ignores peut-être :
       Tu n'as que dix-huit ans ;
Viens dans mes bras, mignonne, et tu vas le connaître,
       Nous sommes au printemps.

Et l'enfant répondit d'une voix argentine,
       — Elle avait dix-huit ans. —
« Ah ! mince ! t'es rien maboul, euj' m'en vais à Lourcine,
       ... Ça revient au printemps. »

LA FENÊTRE

Tout au sixième, avec pour balcon la gouttière
      Où s'aiment les moineaux,
Ensoleillée et blanche avec ses frais rideaux,
La fenêtre s'ouvrait sous l'ardoise faîtière,
Dans un fouillis de fleurs et de babils d'oiseaux.

La rabâchâmes-nous assez toute une année,
      La chanson à deux voix !
Dans les repos lassés de nos sens aux abois ;
Là rabâchâmes-nous, l'antienne surannée
Dans ce coin de grenier suspendu sous les toits ?

Un soir je l'attendis. Ah! l'atroce soirée!

    Ah! les âpres émois!

Elle ne rentra pas. Tout partit à la fois ;

Tout à la fois partit : l'amour et l'adorée,

De la claire chambrette ouverte sous les toits.

Et, semblable au gourmand qui, bien repu, digère

    Un savoureux repas.

Et par raffinement, clignant ses yeux béats,

Se prend à rêvasser aux vieux jours de misère,

Aux jours de ses vingt ans où l'on ne dînait pas.

Les sens ivres encor des amours actuelles,

    Je viens rôder parfois

Sous la claire fenêtre ouverte sous les toits,

Où j'ai compté jadis tant d'attentes cruelles :

— Pour jouir *aujourd'hui* des douleurs d'*autrefois*.

A CONFESSE

—

La pénitente est belle, et le prêtre est tout jeune.
On prétendait, là-bas, au séminaire, un jour,
Qu'il n'aurait rien, plus tard, à craindre de l'amour,
Car on est fort avec la prière et le jeûne.

La femme, à mots couverts, dit ses péchés mignons ;
Lui du fond de son ombre, à travers le grillage,
Sent son souffle musqué lui frôler le visage...
Et le long de sa chair courent d'âpres frissons.

La robe de satin chante contre la grille.
Et les péchés mignons odorent la vanille...
« Je suis venue à vous, mon père, sauvez-moi.

« Sauvez-moi du péché, disait la pénitente.
« La chair est faible, hélas! quand le diable la tente... »
Et le prêtre songeait : « Je le sens mieux que toi! »

A QUOI BON?

—

Puisque l'on doit mourir, qu'importe la manière,
Qu'importe le taudis, qu'importe la tanière
        Où nos os disjoints pourriront ?
Les algues de la mer sont de fraîches alcôves ;
Et l'on dort aussi bien dans le ventre des fauves
        Qu'au fond des longs cercueils de plomb ?

Puisque l'on doit mourir, qu'importe à nos atômes
Qu'il leur soit nazillé des messes ou des psaumes
        Par les curés ou les rabbins ?
Et qu'importe qu'aux vers on serve de pâture,
Ou bien qu'on se dissolve, immonde pourriture,
        Sous le scapel des carabins.

Et si tout meurt en nous, à quoi bon une pierre
Dont le marbre bavard étale sous le lierre
    De faux regrets en lettres d'or ?
Pourquoi ces tombeaux blancs, pourquoi ce mausolée !...
On pourrit plus tranquille en un coin de vallée,
    Sous un édredon de bois mort !

A quoi bon tous ces glas, ces cierges, ces tentures
Et tous ces gens en deuil, et ces lentes voitures
    Traînant leur cortège attristant ?
A quoi bon tous ces pleurs épandus sur la bière
Pendant qu'un homme noir mâchonne une prière
    Qu'aucun Dieu, sans doute, n'entend ?

RENGAINE PRINTANIÈRE

—

A Elle

J'ai vu ses grands yeux bleus couleur de scabieuses,
Aux doux regards tout pleins de flammes radieuses,
    Et sur son front vermeil,
J'ai vu ses cheveux blonds lui faire un diadème
Que l'on eût dit tissé d'un rayon de soleil :
    Aussi voilà pourquoi je l'aime !

Je sais deux oiseaux blancs à la frileuse pose
Et qui dorment en boule en cachant leur bec rose
      Au fond de son corset ;
Et puis je sais, ma foi, d'autres charmes encore
Mais que personne au monde, excepté moi, ne sait :
      Et voilà pourquoi je l'adore !

Le corail de sa bouche a l'éclat des grenades
Qui mûrissent au gai pays des sérénades
      Et du cavalcadour :
Sa bouche est pour ma bouche un verre de bohème
Où ma lèvre a sablé le champagne d'amour.
      Aussi voilà pourquoi je l'aime !

11 mars. — Minuit.

RÉPONSE AU PRÉCÉDENT

—

A Moi-même

Je n'ai jamais compris qu'avec « un air vainqueur »
Le poète amoureux dans une « sainte ivresse »,
En rhytmes indiscrets vous « chante » sa maîtresse,
Et devant le vulgaire éparpille son cœur.

Je n'ai jamais compris qu'il se donne en spectacle,
Gaspillant le trésor de ses intimités,
Et que sa main, aux yeux des badauds hébétés,
Ouvre la porte d'or du divin tabernacle.

Je n'ai jamais goûté ces compromissions.
Le poëte naquit pour d'autres missions.
Et très sincèrement je pense qu'il s'abuse

Lorsqu'il vient s'installer au coin d'un carrefour
Et que, déshabillant en public son amour,
Sans vergogne il se fait l'alphonse de sa Muse !

12 mars. — Midi.

AMOUR-PROPRE

—

Catinette est piteuse : elle a battu son quart
Au boulevard michel, tout le long de la grille,
Mais pas un escholier n'a pris garde à la fille
Qui retroussait en vain sa robe de brocart.

Catinette est bien lasse, et puis il est trop tard
Pour prendre à ses appeaux quelque fils de famille,
Car il est l'heure calme où le michet roupille
Et cuve son ivresse au fond du lupanar.

Mais pour n'avoir pas l'air de revenir bredouille

Pour qu'on ne dise pas qu'elle est déjà fripouille

Et pour que le portier lui fasse bon accueil,

Elle hèle un pochard qui sort de la « tartine ».

Et lui dit, l'allumant d'une œillade câline :

— « Eh ! beau blond ! montes-tu ?.. cette nuit je fais l'œil

POUR MORALISER LA JEUNESSE

—

Or Prud'homme à son fils qui partait pour Lutèce
S'ouvrit ainsi, dans sa clairvoyante tendresse :

On est jeune, naïf, inexpérimenté.
Ce mot charmant : amour, musique inquiétante,
Bourdonne à votre oreille, et la femme vous tente
Comme un livre malsain en Belgique édité.

On court à la boutique où s'étale le Livre ;
D'impérieux désirs vous tenaillent la chair,
La reliure est riche, et la tranche a bon air,
Et puis, lire cela, cela s'appelle *vivre!*

Et pour apprendre on lit, on lit, car on a vu,
Tracé narquoisement, en grosses capitales,
Ces mots endiablés aux promesses fatales :
    Quiconque lit ce livre est un homme perdu! »

Mais on veut tout savoir, savoir comme les autres,
Ce qu'on cache aux enfants, en leur disant caca.
On veut pouvoir aussi s'écrier : « Euréka! »
« Mes yeux voient maintenant aussi clair que les vôtres.

On cuirasse son cœur contre un bête dégoût,
Et l'étude commence, et la nausée avorte
Ravalée et vaincue, et l'on se dit : — Qu'importe
Un hoquet de plus, si la science est au bout.

On tourne, curieux, la feuille, et ligne à ligne,
Mot à mot, page à page, et le vertige aux yeux,
On va jusqu'à la fin du livre infectieux,
Brisé par les frissons de la fièvre maligne!

Puis, tout à coup, d'instinct, d'un geste irraisonné,
Et sentant qu'au cerveau la démence s'allume,
De dégoût et d'horreur on jette le volume...

Alors, il est trop tard... on est empoisonné.

DU MÊME AU MÊME

J'ai joué bien longtemps avec l'amour des femmes ;
J'ai jonglé, sans remords, pour occuper mes soirs,
Avec le petit cœur d'une blonde aux yeux noirs,
Qui m'obséda jadis de ses lubriques flammes.

Tous ces baisers vendus, je les trouvais infâmes,
Et, morne, je songeais aux sombres désespoirs
Qui vous étreignent quand on quitte leurs boudoirs,
Have, sec et jauni comme un faiseur de drames,

Aussi, j'espérais vivre et mourir sans amour ;
Je le niais, d'ailleurs, et, se croyant très forte,
Mon âme à Cupidon avait fermé sa porte.

Oh ! je la savais bien fermée à double tour ;
Mais brisant un carreau de son aile irisée,
L'amour entra, railleur, par la vitre brisée.

L'amour entra, railleur, par la vitre brisée,

Et, me touchant du bout de son aile irisée,

Il s'enfuit en disant : « Il viendra bien, ton tour. »

Je la vis — *Elle* — un soir, seule, au coin d'une porte

C'était une rouleuse à la carrure forte,

Et très timidement j'avouai mon amour.

La maison était sombre, — une maison à drames ;

Elle me conduisit dans un de ces boudoirs

Où l'homme vient parfois noyer ses désespoirs

Dans l'alcool, plein d'oubli, des caresses infâmes.

Trois mois je fus brûlé par ses horribles flammes,

Trois mois je restai là, dompté par ces yeux noirs

Qui s'offraient aux passants pour cent sous tous les soirs.

Il ne faut pas jouer avec l'amour des femmes !

IL AVAIT SEIZE ANS

—

Et prenant sa lyre, il chanta.

PLUM! PLUM! PLUM!

Au milieu de la mer qui gronde tout autour,
Un grand rocher servant de perchoir au vautour,
Dresse, au-dessus des flots, sa haute silhouette.
Il est là, défiant la vague qui le fouette
Et se brise, impuissante, à ses flancs déchirés.
Et la frêle coquille, aux reflets azurés,
Dans un nid de varechs, près de l'algue gluante,
Aux parois du géant, s'attache, confiante.

Il résista longtemps à l'écumante mer.

Mais, une nuit d'orage, avec un bruit d'enfer,

On l'entendit croûler, trouant l'onde entr'ouverte,

Et l'eau se referma claire, tranquille et verte.

Ce rocher c'est mon cœur. Sceptique dès vingt ans,

Aux orages d'amour, il opposa longtemps,

Dédaigneux des cœurs faux rencontrés sur sa route

L'implacable granit de son éternel doute...

O scepticisme fat, scepticisme menteur !

Un jour t'a vu sombrer, toi, l'éternel poseur,

Dans cet océan bleu, profond jusques à l'âme

    Qu'on appelle un regard de femme.

PLUM ! PLUM ! PLUM !

PAUVRES NOUS!

C'était le jour des morts. Aux églises, les glas
Tintaient lugubrement ; des couronnes au bras,
Où se détachent des : *A ma sœur, à ma mère,*
Des gens tristes, en noir, entraient au cimetière.
--- Ce jour-là, soucieux d'apaiser leurs remords,
Les vivants, par hasard, se souviennent des morts.

Je les suivis, étant dans mes humeurs cruelles,
Pour voir couler un peu ces larmes annuelles,

Il faisait froid : Novembre, aux précoces frissons,
Avait chassé des pins mésanges et pinsons,
Et semé de bois mort le sable des allées.

Partout des enfants blonds et des femmes voilées
Qui viennent sangloter au moins une fois l'an.
Partout le désespoir qui se pavane au flanc
Des marbres, des tombeaux, des croix et des portiques.
Et rime, convaincu, ses plaintes poétiques.
Partout des : « *Il était bon père et bon époux,*
Dieu nous l'a pris, au ciel il va prier pour nous. »
Et des inscriptions naïves ou comiques,
Et des *saules pleureurs*, dessins emblématiques
Faits avec les cheveux des êtres adorés,
Qui se balancent, sous de petits toits vitrés...

Je m'arrêtai soudain. Dans un coin, isolée,
A l'abri des cyprès d'un riche mausolée,
Je vis une tombe où personne ne priait.
Rien qu'une croix de bois que le temps fendillait :
Point de couronnes, point d'immortelles bénies.

Rien ! qu'un lit de bois mort et de feuilles jaunies
Sur le gazon pelé qu'on n'entretenait plus.
A peine voyait-on, encadrant le talus,
Quelques touffes de buis qui poussaient à la diable,
Parmi les cailloux blancs jusqu'au sentier de sable :

C'était la solitude et le morne abandon.

.   .   .   .

Et sous la moisissure, et sous le champignon
Qui pourrissaient la croix, dans un coin de la planche.
Je lus, en enjambant l'herbe haute qui penche,
Où l'on ne voyait plus de traces de genoux,
Ces deux seuls mots : *Regrets éternels !*

Pauvres nous !

CONCLUSION

—

Les Poètes me font rire avec leurs vers mièvres.

Tous ces faux pleurnichards me donnent sur les nerfs.

Qui ne font que chanter, et sur les mêmes airs.

Des sanglots dans la voix, leurs rhumes et leurs fièvres.

Et le public gobeur que l'état de leurs plèvres

Tourmente, déguste, oh! sans les trouver amers.

Tous ces pleurs épanchés en de filandreux vers

Qui coulent, très navrés, de leurs lyriques lèvres.

Il larmoie avec eux et croit à leurs douleurs

Sans se douter, hélas! que ce sont des farceurs.

Que leurs pleurs sont en toc, que leur douleur est feinte.

Et que ces larmes-là se versent au café,

L'œil sec, le col couvert, le gilet dégraffé.

En fumottant sa pipe, en face d'une absinthe!

TABLE

www.ingramcontent.com/pod-product-compliance
Ingram Content Group UK Ltd.
Pitfield, Milton Keynes, MK11 3LW, UK
UKHW020406180726
13839UKWH00003B/1264